中国少数民族文学发展工程
出版扶持专项

大有歌

（满族）宁延达／著

作家出版社

宁延达　满族，1979年生于承德丰宁。作品发表于《诗刊》《星星》《北京文学》《青年文学》等刊，并收入多种年度选本。著有《风在石头里低低地吹》《空房间》《假设之诗》《我欠你一场繁华》等多部诗集。

作者近照

目录

风

你　转个身
向上吹吧
吹　冒烟的房子
给它一个大翅膀

吹　女孩的头发
立起来一群像森林

吹　雨滴倒回时间的轴
凝成巨大的悬湖

日子　总是向下
从此向上

吹　花花绿绿的孩子
在天空飘
向上的歌儿都送给上帝
哪个孩子想妈妈了
就只好拼命拽着树梢

或者让妈妈也飞起来

翻一翻　水滴变火焰
鸟向云朵降落
牛顿　推翻了自由落体
如果我偶尔说出爱　或恨
你要飘到我的上方才能听到
多好

风是孤独的
孤独的时候就想拐个弯
你听
哦
风　真的正在拐弯

槐

今夜的月光长了胡须
黄莺买了钢琴
今夜的溪水撞在石头上
耳朵陷于恍惚
是哪只花的喇叭
音乐会还未开始便“哇”的一声

要让青蛙缠绕着枝干
柔软的紫藤排排列坐
一只瘦小的葫芦　美酒藏了满腹
两只隐藏的翅膀
一只负责传递请柬
一只在窗台上睡着了

一株槐　一个音乐的大海
善感的铃声　激动的眼泪
闹的　喧吵
今夜就这样静了
今夜上演的是成串的歌声
和类似编钟一样的乐器

“六一”儿童节

每一个你所欢欣期待的节日
都沾满蜂蜜和欢乐

我同样快乐着你的快乐
在一个日历小牌上　画下
红色的标记

节日　使生命多出很多逗号
让爱变得缓慢
有稍微的休息
越攒越深厚

又一个“六一”儿童节
她每年都来一次
我们准备了鲜花迎接她

我和你　孩子
你换上的新衣服还粘着米粒
早早的　太阳还没出来

我们就开始发亮

奔跑

大喊大叫

把早晨震醒

最亮的星星不见了

水杯逃出水
沙滩逃出大海
白云逃出山巅
时间逃出季节
心　逃出身体

出逃
就要学隐身法
奇门遁甲
穿墙术

出逃的时候
轻手轻脚
千万别
碰到盘子
玻璃
或小珠子
可以头上顶一枝荷花
默念隐身咒

出逃

向孩子学习

坐在书桌旁

心已经跑远

绊石头

摔跟头

伤筋动骨

嘻嘻哈哈

出逃　向最亮的星星学习

启明星　扫把星

流星　锤

无色无相

无我无物

答 案

为什么蝴蝶那样美丽？
因为她们本就是
花园飞出的花朵

为什么鸟儿那么喜欢飞翔？
因为她们本就是
小丫丫心中的翅膀

不期而至的雨

淅淅沥沥
忽然就下起来了
隔着窗玻璃　竟然听到它的低诉
像小虫子的唧唧声
像小猫碰翻了米粒儿
或是手机的振动声

干燥　充满暴烈阳光的夏日
数以亿计急躁的尘土在城市里飘浮
它们踩着光的滑梯
四处寻找归宿
它们互相追逐　打骂
翻过高楼
钻过车窗
盖住人类的眼和心灵

而这些雨来得真是时候
雨珠敲打尘土
把它们留在万年青的脚底

把它们冲进草丛
把它们赶到幽暗的角落

这个世界还是干净的
即使被一片纱一样的尘土
轻轻地遮盖过
世界还并不知晓
但是一场雨
有着羽毛的轻盈和温柔
它用小嘴衔着　每一滴尘土
它冲洗这片完美的土地
像给眼睛滴一滴药水

春天的子弹

黑色燕子

像射出的子弹

在灰色天空

打出一排

空洞

有辫子的姑娘

城里的姑娘还编辫子吗？
像我这样粗粗的一条

编的
满头都是
有的编三五条隐藏在长发里
有的编两三条搭在胸前
有的左边一条
右边的头发却散着
各有各的好看

梳辫子还是最流行的发式吗

我想来想去
其实真的很少看见城里的女孩梳辫子了

青苹果

曾经给牙齿带来不安
给舌头带来一场大水
给白色盘子带来一个春天
给红色桌布带来一丛火焰
它从空旷的客厅里
抛出一枚精美的弧线
鸟儿在空中的利落转身
都不及它美

思想里的事物
皆无常
你可知
青青苹果里
有火红的心
清白的籽

今生做一个偷苹果的人
不仅偷它的身体

还偷走它的果园

其实我偷的　是它的年轻

街角静悄悄

星期六早晨
街角静悄悄
一群孩子呼啸着跑来
手里举着糖葫芦
火红火红
像一串串小火苗

星期六早晨
街角静悄悄
一个卖糖葫芦的人推着自行车走来
自行车的影子拉得很长
他的杆子上只剩一堆孤独的草

星期六早晨
街角静悄悄
阳光一大片
地面有白霜
红房子的阴影里
一只黑猫在追一只花猫

吹泡泡的男孩

1

一串　泡　泡
男孩吹　泡　泡
吹　泡　泡
一串　美丽的　泡泡
闪着五彩光
泡泡里　装着整个世界

泡泡　乌溜溜一双大眼睛
一眨　一串乌溜溜的大眼睛
飞去
美丽的公园
成群的楼房
高飞的燕子
车水马龙的市场
泡泡飞过
像放映一场电影
噗的一声　一个镜头结束

噗的一声　又一个镜头结束

我已非孩童　但我曾用梦想去吹
用眼泪去吹
用爱情去吹
噗的一声　一个镜头结束
噗的一声　又一个镜头结束

2

地球是一个大泡泡
上帝在用风吹
用海啸吹
用火山吹
噗的一声　一个镜头结束
噗的一声　又一个镜头结束

山中日月

1

山寺的汉白玉栏杆
一只山雀闭着眼
挤另一只山雀

2

小和尚啃萝卜
萝卜皮喂山兔
大殿外阳光正暖

3

大和尚和小和尚站在栏杆前小便
春风入怀
两条河流解冻

4

一群山客坐在殿外的栏杆上
看两个小和尚摔跤
树枝上坐一排麻雀

5

殿外的麻雀越来越多
师傅发脾气了
是谁天天来撒米

6

月亮每晚来听经
顺便替专心诵经的小和尚擦地

7

一只青蛙扑通入井
挑水的和尚忐忑三天
幸好幸好
大殿里的诵经声并未变了腔调

8

苍蝇嘤嘤　诵何经

法华经

蚊子嗡嗡　诵何经

弥陀经

和尚哼哼　诵何经

地藏经

9

虔诚的女香客可怜小和尚

小小童年没有肉吃

10

百合入庭院　从此两相看

11

半夜里小鸡挺立

长长一泡尿

憋醒了春天

北斗七星　勺柄朝东

12

云神　月神　树神

磕头　作揖

你们见过我的妈妈吗

13

山后的桃花开了七次
桃子也结了七次
它们会继续开下去
开下去

14

春风吹碧雨
草坡上　一片绿
明日当可期
看一遍　看两遍
还没开出花朵

南迦巴瓦

沿着雅鲁藏布江
长长的走廊
飞
蔚蓝的水
是石头喂养
洁白的山头
是飞翔的梦喂养

我在众山寻觅你
而你把自己反锁在
碧蓝绸布屋中
与白云和佛塔的铃声
融为一体

你的身上有光
有雪
有冷和热
有接纳和悲悯
怎知你还擅长躲猫猫

让我牵你的手
去千里之外看世界吧
在热闹的秋风里
绕云朵
一路我揪着你的耳朵
你装成醉汉

雪要来了

雪要来了
我们等　世界还没被揉皱
黑夜还没被赶走
灰尘还飘在天空

天气预报员
吹来西伯利亚的风
呜呜呜　我们都信了
在南方做了一个大盒子
把所有怕冷的鸟藏起来
在北方搭很多草房子
把所有树的叶子都拔光

就那样　我们眯着眼
在屋檐下挤着
等着时光流逝
赞歌降临
我们聚精会神　只待
灰蒙蒙的天空一闪
全体鼓掌

冬眠

保持充足的睡眠
像蚯蚓　多好
像蛇也好　钻到睡梦的深处
一丛一丛浆果
全都吃完的时候
就去迎接春天

每天早晨 6 点
准时被公鸡叫醒
你赞我多么奢侈
村里村外
比城里城外的公鸡
机灵百倍

上班　下班
上班　下班
睡了睡了睡了
你说
管他海水倒灌

天塌了与你无关

祝福你

搅梦的人　我要他向你

道歉

人类简史

春天　大地上镶满翡翠
夏天　大地上撒满五色宝石
秋天　一下子堆满黄金
冬天　月亮女神的首饰盒遗落
漏下满地白银

一对小天使来回奔跑
春看看　冬看看
这么多宝贝　风也不能帮他们搬走
干脆就住下来
生了一堆孩子

最爱吃零嘴的取名叫麻雀
喜欢写诗的取名叫凤凰
脸蛋儿最漂亮的叫猪
爱臭美的叫老虎
最后剩下一个
又馋又懒贪得无厌的
取个什么名字呢

哎　就勉强叫人吧

还好　人和天使有相同爱好

不把大地上的宝贝搬空誓不罢休

直到搬空诗人

直到搬空爱情

直到这个世界只剩下　孤独

太空人

今夜　又有几个人
脱离了万有引力
太空中
几个小人儿缓慢地飞行
在茫茫宇宙　他们是否
会饥饿

如果他们在天空俯瞰
我们也许只是几个逗点儿
不起眼儿
想起来就很小
也许根本看不见

看不见的人和事
被引力圈禁
终生无法逃脱或超越
但今夜
终于有人脱离

脱离的人

自由了吗

脱离的人

还惦记着回来吗

三个人

达尔文说
如果你在辽阔无垠的巴塔哥尼亚平原
或站在柯克尔蒂耶拉最高峰上
远眺周围雄伟的山岳
你必定会怀有
和我一样的惊叹心情

而李寒说
如果你成天坐在堆满诗稿的房间
窗外林立的高楼将你的视线围堵
你必定会怀有
和我一样的慨叹心情

而我的小棕熊
每天幸福地啃着鸡腿
在李寒的诗集上画下
茂密的森林和蔚蓝的冰川
他还未真正体味过地球的壮美
却已经走进了诗人的悲伤

雨是天空的心跳

房檐下
摆一排锅碗瓢盆
我的棕熊宝贝
最担忧
雨水的心破碎

一小队乌云
沿着屋檐轻轻飘过
蓝色　红色　紫色的喇叭花
小心地收起了喇叭

猫的腰
比垂柳弓得还要紧
却不敢轻易弹出去
怕惊动天上的雷
万一出箭
射落一地泪珠
棕熊宝贝要责怪一辈子

大地寂静无声

棕熊捂着被子

仅露出双眼

小心翼翼监视着天空

雨是天空的心跳

父子游戏

父亲总要当马
儿子策马扬鞭
床或地板都是马场

父亲总要当马
儿子扮演马驹
在父亲的四肢间
钻来钻去
永不疲倦

那样专注的游戏
你很难弄清
哪怕是笨拙的奔跑
马的蹄声依然响彻夜空

而那个扮马的大人
真的正在长出
一双马的耳朵

风的魔法

我确信　风来到这个世界
是为了带走秩序
它在窗外兴奋地叫
猫一样跳　鱼一样潜伏
它请你关掉电灯
彼此屏息　试着用耳朵的小树枝
捅对方的痒痒穴
然后两个人哈哈笑着　一起奔跑很久

城市耸着鬃毛　人群如蚂蚁切割着尸体
风可以发出怜悯的悲泣　但它不
轻易跃过这一切
像穿一双弹簧鞋
我可没有那么帅
被楼群绊得鼻青脸肿
折断三根肋骨　内心弹孔无数

风　从不把自己圈进屋子里
它让我学会打开窗　或拧开扇叶

使空间变幻　发动一场漩涡
有时它把树枝拉低　弹我到天空中去
并伸出手指　念念有词

现在　我被施了魔法
流动起来　突然变得那么会飞
拐来拐去
不借助花蝴蝶的翅膀　也不用燃烧的汽油
如果你命令我停下
你将如同命令一团空气
我无形无状　无心理你

战 斗

父子俩拳来脚往
模仿电视里的英雄
可是因为太兴奋
身体难免受伤

你骑着战马
我骑着大象
我们腰里别着木棍
手里挥舞着柳枝
一起站在山头远眺

我说男儿有志　志在四方
你说男儿受伤　当然大哭一场

魔法鞋

拖鞋甩了一地
而你自己却光着脚丫
靠在门边
嘴里含着指头

今天的小魔术师遇到了难题
变丢了自己的魔法鞋
感到
无从下脚

每双拖鞋上都有一个脚印
每双拖鞋上都可能有一个魔法师
当一双脚丫遇到
另一双脚丫
他们尴尬
恼火
弄不好还会被踢屁股
那还不如一双普通拖鞋好

哪个是我的
如果真有魔力
请你站出来

月亮旅行

我住在靠近月亮的那层楼
爬 90 级台阶
迂回 12 次
距地面 18 米

你说真是羡慕我
伸手就能抚摸月光
搭个梯子就能登上那座美丽的城堡
在冰凉的夜晚
谁会从这个世界走失？

阳台上开满了惊讶的花朵
睡梦沉沉　房间空空
梦中的梦中
猫一样轻的脚印
留在月光下

只有那架梯子
摇晃着等待孩子们归来

长城砖

古代有位喜欢搭积木的皇帝
古代有很多喜欢搭积木的皇帝

你喜欢搭积木吗
你喜欢就能当皇帝

你搭积木我刻字
刻下　李国庆和孙慧娟到此一游

纯净世界

乌云渐渐收起了眼泪
新鲜的树枝举着鸡毛掸子
擦花了天空
安静而纯洁的阳光
透过来了

在一块刚刚洗过的床单上
绿树葱茏
鸟兽和睦
长翅膀的孩子还没睡醒
他枕着狐狸的大尾巴
腰上盖着芭蕉的叶子

毛巾遮住身体
这是习惯动作
稍微的羞耻
裹在里面
像裹一个干净的白瓷瓶

母亲小心翼翼打开窗
不敢惊动黑色的蝴蝶
怕它变成一曲梁祝
哀哀地飞走
只放进一团新鲜氧气

暗夜中
睡熟的婴儿小手搜寻着
妈妈的乳房

在花园中奔跑的女孩
紧拽着男孩的手指

一只白兔　正挖一只萝卜
它停下来　看了看星光

玩具熊

玩具熊被遗忘在墙角
那可是小女孩最爱的伙伴
生活是一场游戏吗
假如我们都是生活中的玩偶

但我还是悲哀地欣赏自己
因我还是要把自己打扮得成熟帅气
生命中的刻痕
全都掩饰得很好

那只熊还是新的
仅仅掉了只耳朵
它的身上落满了灰尘

而我总把灰尘
藏在心底
那个你看不见的角落

树掉光了叶子　却落满了雪花

树掉光了叶子　却落满了雪花
你说　失去现在的
还有更好的

厚厚的雪花给树镶上玉石
立刻变得脆弱而华丽
天地洁白
甚至　黑暗也惧怕这样的天气

一切都显得完美
我担忧　朝霞在夜里燃烧
明天的阳光下它们会滴落
头顶是玻璃
内心是惊恐

粉饰世界的
是时间之敌
今夜我的心一退再退
窗外　雪压弯了枝条

寂静的内心

你拈一花
我拈一鱼
鱼是海里的星

你拈一笑
我拈一泪
眼泪是身体里的星

在肃穆森严的黑夜
那苍穹上闪烁的玲珑光珠
多珍贵

在寂静幸福的内心
那翻涌着感动的粒粒珍珠
多陌生

海水为什么会是咸的？

据说
大鱼吃小鱼
小鱼吃虾米
虾米没得吃
天天流眼泪
眼泪流多了
海水变咸了

草

连日里的寂寞淹没了青蛙王子的心情
森林里的果子多美丽
这样的季节应该和朋友们在森林里
一边排排坐
一起吃果果
可是青蛙王子只能静躺在病床上
静静听点滴的滴答声

蝴蝶姑娘冲到最高的山坡
它要在太阳下山前
选出开放的最后一朵
小猪们快吵起来了
藏起来的糖块只剩下一颗
这些没纪律的小朋友
老师嘟嘟的哨子又该吹响了
大花猫蹲在窗台上看热闹
天上的白云
地上的落叶
被风推着追赶操场上的兔宝宝

风在檐头嗤嗤作响
星星哪去了
月亮姑娘也不见了踪影
画画了一张又一张
总是赶不走灯光四周潜伏的黑暗

夜已深了
兔宝宝悄悄溜进病房
带来了 20 根胡萝卜
然后蹑手蹑脚地走开
她轻轻的脚步
一下子惊醒记忆的闸门
呼啦
白色床单长出一丛丛杂草

寻找星星

我来到夜晚的家
抬起手
敲门
天上会不会掉下
星星点点光的石块

我来到石块的家
抬起手
敲门
房檐上会不会掉下
三两只偷吃石头的黑猫

我来到黑猫的家
抬起手
推门就进
我生怕
它们直接吞掉我
连开灯的机会都不给我

我不愿闯进人类的世界

我不愿带走夜的安静
不愿打搅它咀嚼月的薄饼

我不愿带走村庄的安静
不愿马儿的小脚
因我的闯入而惊脱了缰绳

我不愿带走儿童的安静
不愿阻止他们无休止的折腾

我不愿带走春天的安静
不愿意用鼻子拱翻树下的冻土

设若有那么一天　上帝也纳闷
土层下的嫩芽多么美味
而这只小猪还保留柔软的感情

那我只好躲在土洞里黯然怀伤
我更不愿带走上帝的安静
不愿掳去他苍老的心灵

森林之歌

在遥远的地方
有一片美丽的森林
森林里流行一首歌
哗啦啦　哗啦啦
歌词只有一句
哗啦啦　哗啦啦

不要嘲笑
那绿色的浩瀚海洋
为什么没有雄壮的歌
你仔细倾听
那是树叶在对根妈妈轻轻地诉说

不要疑惑
那纯净的湛蓝天空
为什么没有硝烟战火
你仔细倾听
那是翅膀在与白云耳鬓厮磨

不要纳闷
那清越的湍湍急流
为什么那样的甘甜
你仔细倾听
那是小鹿刚刚萌生的爱情

不要追问
成群小兽的心
为什么那样透明
你仔细倾听
每个清晨他们都用露珠清洗眼睛

哗啦啦　哗啦啦
数万年间
这支歌总是轻轻地流过
怪不得那些音乐家都哭了
哪怕就是这样一首
简单的歌
差一点都被森林省略了

独不见　耳语森林　竹马，竹马

1 独不见

森林中央搭起了大大的舞台
今夜要上演一场精彩的舞台剧
演员们都已到场
独不见了那个喜欢恶作剧的小丑

嘟嘟　嘟嘟
紧急集合的哨子已经响过多次
大剧马上拉开帷幕
所有的剧务全都放了出去
导演已经摔了手里的杯子
绕着舞台跑了 20 遭

你知道幕后是这样乱糟糟吗？

2 耳语森林

三棵木头　两棵木头

一大片的时候就是森林了
小猪总是笑他们
只知道把头拼命地向上面伸
那个扮演小丑的家伙
在舞台下才有那么多好故事
可以吸引小熊、竹马、兔兔
甚至美丽的公主和小矮人
有的时候甚至能让大灰狼陶醉到神魂颠倒
可惜他们听不到
嘻嘻

我们都活在森林的心里
我们讲的故事都是森林心中的故事

3 竹马，竹马

一枝竹竿骑在胯下
手一挥
驾、驾……
小熊、兔兔、还有
笨笨的猪猪
赶快跟上来
舞台剧的序曲已经开始

树木们早已排排列坐
满身树叶的掌声哗哗响过

我

今天舞台上的小丑

因为贪恋了河边的美景

和朋友们的温情

还没来得及化装

真是要命

一场舞台剧也有这么多观众

什么时候森林的生活开始准时了

星 空

当晚风吹过枝头
将阳光拖离路面
在街衢和空旷的田野
夜幕披着乌黑的长裙降临人间
她的花篮装满亮晶晶的星
当她掠过天际
竹篮中遗落的碎片搅乱一条天河

你愿意将这些美丽的钻石
全都收集进你的眼里吗
即使眨一眨都有可能放过一颗
再眨一眨都有可能遗落一群

啊　当晚风吹过西山的枝头
将星光拖进视野
唐时的诗人就开始了抒情
而我们的表现多么贫乏
兔兔、猪猪、小熊和我

没完没了地还在争吵

今夜的星星

到底比昨天多了还是少了

相 信

我相信鱼也有泪水
要不然海水不会是咸的

我相信花儿也有泪水
要不然东风不会是黏的

我相信蝴蝶也有泪水
要不然不会一听到我的诗
立刻掉头而去

化 鱼

我每天喝水
吃饭的时候必须吃盐
和鱼是一样的习惯
我自信
回到海里
那是我的游乐园

昨晚的梦就告诉我
我的耳朵
变成了会呼吸的腮

只是我不知道见你的时候
会不会脸红
我们都一丝不挂地待在水中
会被彼此看在眼里

春 风

春天的风
一软　一软
绸带一样
轻轻地刮过来

春天的原野
一层　一层
给中国画填色
一遍一遍　绿起来

春天的兔子
一眨　一眨
遇到喜欢的女孩
眼睛就由蓝转红了

轻一点

我想让幼儿园的欢闹声轻一点
别惊动了远方的狂风
搅动的风沙会摧毁我的苗圃

我想让闹市区的嬉笑声轻一点
别惊动了地底的雷声
剧烈的震动会惊醒棕熊宝宝的梦

我想让汽车的脚步轻一点
别惊动了太阳看电影
一旦它转过身来
会蒸发掉这个城市唯一的河套

我租下一片森林
轻一点轻一点　点钱的房东
别惊动疯狂的商人
他会在这片树林的周围
迅速栽上别墅

我想让动物园里的动物都来
轻一点轻一点
我们就在这里挤着
不点蜡烛
不开电灯
黑暗里
嗤嗤地笑
偷偷地　轻轻地欣赏
一大群乌黑的　圆眼睛

进 化

诗人每天泡在河里游来游去
他的眼睛被水泡得浮肿
像两只潜水镜

僧人每天泡在河里游来游去
他祈祷的嘴唇冷得发紫
哆嗦着不能嚅动

公鸡每天在河里游来游去
它的翅膀已经柔软
像鱼鳍一样自由地扑腾

大象每天在河里游来游去
但是它总默默地流泪
神情极其沮丧
原来它粗壮的腿太高
无法练习哪怕最简单的狗刨

我们努力地练习游泳

河套里的鱼虾是最好的教练
冰山融化
大地要洗澡了
全世界都会泡进水里
所有热爱生命的朋友都挤到河中
争取用最短的时间进化成鱼

每天傍晚是大家交流的时候
棕熊和兔兔总是声音最大
他们在议论如何帮助大象
转移到最近的大海练习

哭 啊

一只小熊坐在动物园的人造树杈上哭
一只小斑马隔着笼子与妈妈一起哭
一群猴子扔掉手里的桃子抱成圈哭
一群老虎互相拔掉了胡须和爪子
温柔得像猫一样哭
后来整个动物园哭成一片
哭着哭着
动物园的管理员也哭了
这时候
一个小朋友突然“哇”的一声
接着就传染到一个班的小朋友哭
以致全学校都哭起来了
震天震地
妈妈也开始抱不住怀里的孩子
他们哭得更厉害
一刻不停
妈妈也跟着哭
哭着哭着
老师也都哭了

他们就那样哭着
苦大仇深
从早晨哭到黎明
冰凉的泪珠浇在大地上
长出了涩涩的果子

生日歌

我写了一首很难很难唱的歌
哆来咪　哆来咪
兔子吹喇叭
大脸猫拉提琴
让老虎来当主唱
我举着树杈总指挥

哆来咪　哆来咪
林中的空地是排练场
茂密的草滩是听众
这是一个奇怪的组合
我们不是羊角镇的马戏班

哆来咪　哆来咪
老榆树的 100 岁生日到了
狐狸送来生日蛋糕
小天鹅偷来妈妈的蛋
就连松鼠兄弟们
也赶来凑份子　献上干炒的松树籽一斤

哆来咪　哆来咪

我们是森林里的穷鬼

只好写一首哀伤的歌

哆来咪　哆来咪

庆祝你

一百年没有遇上锯子和斧头

乱纷纷　乱纷纷　飘洒的毛毛雨

乱纷纷　乱纷纷　飘洒的毛毛雨
忽左　忽右
亲一下蝴蝶的翅膀
又亲一下小熊的鼻头
乱纷纷　乱纷纷　忽又飞过树梢
一下子裹住毛毛虫的茧

柔软的　柔软的　干净的心
顽皮地从虚空中滑落
洒向大河　洒向山坡
稍一沾身便又迅速逃离无踪

成群的燕子破空而出　像喷气式飞机
翅膀后面拖出一条白雾
乱纷纷　乱纷纷　搅乱天空

在这样一个平静的森林
一场不期而至的毛毛雨
如同一场突如其来的恋爱
让森林平静的心多一丝惆怅

与世隔绝的心

树林里的兔子越来越多
每个灌木丛中都有一个卫兵
他们守着
自己孤独的心

而在我心中
有一片又一片的树林
那是你走过的地方
请你不要绕过我
不要用冷漠的栅栏将我隔离

最残酷　咫尺天涯

树林里的野草越来越多
每株草丛都有一个幸福的梦
它们枕着
自己敏感的耳朵

而我和它们一样

睡了就不愿醒来

轻而易举

就被梦中的片段淹湿枕头

在泪海中荡漾

如同孤舟被隔绝在大海中央

音乐家的年终报告会

森林里来了一个音乐家
作年终总结报告
他说
一年来　忙碌地幸福着

讲课　写音乐　演音乐剧　看着女儿高兴　和一帮人闲扯　忽悠人　被人忽悠　装糊涂　减肥失败　按摩　拔罐　针灸　忘了字怎么写　买东西生闷气　偶尔狂欢　接受变革　辨认是非　寻找事实真相　看热闹　接受乱七八糟　尽量不为烦扰所动　想事　更精准地量化时间　做探索式尝试　看清失败的属性　乐于接受失败而不馁　交精品朋友　在贵州喝真茅台　吃早点　看好电影　不瞎起哄　该躲躲该上上　远离是非　研究新软件　开发精品串啤地　去重庆吃　在武汉摸瞎　喝茶　偶尔开始失眠　喝假二锅头血压升高三天　上网种菜养动物　定期剃头　央求媳妇给我买点衣服　组织“孩子局”　晒太阳　喝咖啡　发呆　欺负人　记不住事　理性思考　感性释放　好多事想不起来照顾

不到　最后拜年

对于一年来说
这些事实在算不上夸张
但是森林中所有的听众都睡着了
那个主持人也溜到了话筒的底下
口水流了满地

音乐家听不见一点掌声
他迷惑　很不习惯
倒是四处都是鼾声

舞台上流淌着森林浅浅的笑意
和音乐家尴尬的呼吸

森林悟者

清晨　我刷牙漱口
清水洗面
赤脚端坐树下

细碎的树叶
大口吞吐微凉的氧气
我的呼　吸
亦随森林的呼　吸
一起　一伏

野兔和老虎
一起　一伏
野鸭和小鱼
一起　一伏

森林中一切一切
依缘而生
如同腹中的肉和腹中的草
如同草上的露和天空的云

如同森林外面的渴望
最终都化作无常

我直起身子
左手牵着小兔
右手牵着老虎
站在树顶俯瞰远方
天地静谧
千百年来仿如未变

满 足

小兔兴高采烈地跑来
告诉我它去了莲花山庄
摘了茄子四个石榴一对
没熟透的酸枣若干
小白菜一把

那时九月的风吹起来
森林的叶子哗哗响
在一个波平如镜的湖面
你进入珍贵　稀有
无可替代的快乐时光

熟悉的森林变得异常美丽
多么丰厚的礼物　一下子填满了
我那比天空还要开阔的心

拈花

为何要有一朵花
拈在手里
你说一定　一定
要有一朵花
那样才更像一位尊者

而你走过风
它不会说我是风
而你走过细雨
它不会说我是细雨
而你走过森林
它不会说
我是森林
而你走过老虎
它不会说
我是老虎

而你走过我
我坐在一个草垫上

其实你走过我的时候
我也走过了你

我仅仅是坐着
坐成一个草垫
草垫上开一朵鲜红的花

等死队

我没有什么远大的目标
我可以吃了睡　睡了吃
只想在这片安静的森林里
度过我安静的一生

而那个可怕的神来了
它说　你加入
兔子加入
野狗加入

你们的生活　多没意义
仿佛终极的目标
就是等死

我批准你加入
等死的队伍

森林里的最高生活方式

一个人在树林的空地上睡着了
小猪从他身边经过
好奇地看呀看
他没有丝毫惊觉

老虎走过来
向他咧咧牙齿
他没有丝毫感觉

狐狸蹑手蹑脚走过来
在他鼻子上闻一闻
他的鼾声还是呼噜呼噜地响

猫头鹰扑棱棱扇着翅膀
落在他耳边
他晃晃头上的土
翻个身
依然呼呼大睡
嘴角还挂着笑

树林里有个人
睡得好香好香
小猪从来不敢这样睡
老虎从来不敢这样睡
狐狸更不敢这样睡
猫头鹰天天熬夜
眼睛都熬成了铃铛

有什么办法能够无忧无虑
一个人
来到森林里
公布了答案

演　戏

如果你让我扮演林中的小鹿
在很多很多的小鹿中
我必要成为最为能闹的一只

如果你要让我扮演坡上的花朵
在很多很多花朵中
我必要成为最为鲜艳的一朵

如果你让我扮演凶狠的护林人
在很多很多的护林人中
我必要扮演最邋遢的那个

因为他可以随便躺在草坡上
温柔地抚摸小鹿的头
深情地呼吸柔软的花香

那个只对猎手和灰狼凶狠的人
是森林里
最不寂寞的一个

新的一天　好的好的

新的一天开始　什么都有　好的好的　挺全
阳光多么温暖　挺好……

已近中午　公鸡还在打瞌睡
它这几天总是睡过头
母鸡专注地下蛋　公鸡却总是忘记敲下课铃

深深信任着自己的丈夫　挺好

森林里的伙伴都在　乐着
大狗熊　变形金刚　挺好

天安门　红旗又该升起了　回忆　好……

十月一日　过生日
摆一树林子松塔　抓起狐狸的大尾巴给小猪擦脸
再写一堆情诗　自己觉得　特好

你就羡慕吧

森林里的小木屋
住着我这个甜得发腻的护林员
即使是那几个异想天开的家伙
直奔月球的什么嫦娥计划
我也祝福他们
等着他们把最新鲜的月光带回几缕
期待，多好啊

如果你们都来树林里
亲亲泥土和叶子
那就太好太好了

我愿做你们最真诚的朋友
不把猎枪对着谁
永远做森林里的好好先生
一个长不大的老好人儿

好……没办法

美甲师

春节了　大家都回家过年
小狐狸最得意
因为她在城市的动物园里成了美甲师
美甲师专门修剪指甲

你看她的指甲圆圆的
涂着口红
小鼹鼠都是偷偷把口红吞到肚子里
染红自己的肠子

小狐狸可成了大明星
兔子伸出尖尖的小手
指甲立刻被剪成梅花
松鼠伸出脏兮兮的小手
他的指甲立刻被磨成松枝
小熊伸出粗糙而宽厚的手
被小狐狸打了一巴掌

这么粗糙的手还美什么甲

你还是先把手上的肉瘦下来
小熊伤心极了
他拼命地舔自己的熊掌
后来熊掌成了一道名菜

那只叫年的老虎听说了
也要来美甲
年来了　听说年很可怕
大家一哄而散

兔子的脚印最美丽
留下一串梅花
松鼠可惨了
他的松枝指甲太细了
刚爬到树腰就已折断

还是小狐狸见过大世面
他给老虎凶残的指甲
修成了和尚的佛珠
每只手上都刻着
阿弥陀佛
从今年的春节开始
老虎不再吃肉
改吃蔬菜了

善哉
善哉

森 林

森林是一个装满积木的大盒子
哗啦一声　过家家的孩子抖落一地
整个房间立刻郁郁葱葱

住进去的鸟　各找各窝
寒号鸟　悲凉地叫
谁把窝借我?
住进去的动物
各找各的伙伴
老虎　有点愤怒
闪着白光的牙齿很吓人
只有大胆的棕熊偶尔敢于接近

一条浅浅的小河边
头上举着树杈的母鹿
来洗洗手绢　用舌头贪婪地舔水
水面泛起的涟漪　惊不走河底的青蛙或是小鱼

就让风在森林的上空徘徊

它可以吹得树冠哗哗响
甚至晃来晃去
可是　它无法钻进森林深处
风寂寞　让它呜呜地吹
唱着哀求的歌　让它
到城市里去吧
那些喧闹的街道更适合它

白垩纪时代的阳光　曾照过这片森林
侏罗纪时代的月光　也曾掠过这片天空
长脖鹿扮作数学老师
白天鹅是邻居家美丽的阿姨
数学老师用 12345 记录了森林的长势
美丽阿姨用糖果俘虏了树叶的牙齿

而此时　那只顽皮而胆大的棕熊正叼着树叶
磨自己活动的奶牙
它试着学数学老师的样子
叼着烟卷　树枝当做粉笔
来给伙伴们讲一堂哥德巴赫猜想
兔子咳着各种声音表示抗议
小猪用鼾声表达课程的乏味
树干上的松鼠　跳来跳去
忙着倒腾那些带壳的种子
它们坚硬的牙齿仿佛用不着计算壳的硬度
只有老虎　乖乖地听讲

还不时点头表示赞同

棕熊和老虎一下子成为知音
就互相搂着肩膀
到河边听森林的天籁之音

那风还在天上偶尔刮过
树叶应和着哗哗响
草里的虫子　花里的蜂群
吱吱吱　嗡嗡嗡
还有天空白色的鸟群
低空掠过水面
翅膀带着露水蹿向天空
扑啦啦　像是七弦琴

流云飞卷　湛蓝的天
透明　干净
像是蓝猫的眼睛
透过森林的空隙　弯弯曲曲的光
或是星星点点的光
像是一场空荡荡的梦

小狐狸绝对是森林里的诗人
它举着火红的尾巴
在每个漂亮女生的身前身后
慢慢地叹着气

然后鼓起尖尖的腮
读出一串幽幽的文字
它读诗的样子
像天空般透明
而它饥渴的眼睛
立刻就要喷出爱情的火焰
后来　森林里的伙伴
一致拜小狐狸为师
学习在空旷无人的时候表达爱情
那只叫做棕熊的假学究这就被埋没在记忆里了

森林　像木船一样漂浮不定
落寞的人落寞了
骄傲的人骄傲着
在深湛的星空下
无数悲欢一闪一闪发着光
光晕扩散到黎明时
抵达了深黑的湖面
化作一串一串鱼儿的泡沫

人们记忆中的爱情
如同萤火虫　一闪一闪地飞散
聚在一起　又分手　再相聚
那些无聊的情感被蜜蜂蜇伤
留下发红的毒刺
为了无关紧要的

嫉妒和恐惧
他睡着　她醒了
她睡了　他醒了
睡在一个干净的梦里
醒在一个混沌的黎明

那只棕熊后来消失了
据说去了火星
也有人说他当了打小怪物的奥特曼战士
他按照自己的愿望健康地成长
他的背一定已经雄壮
他的牙齿一定十分有力
他会用柔和的眼光梳洗这片森林
世界　在这个冬季结束的时候
会更加洁净

森林以外是装积木的盒子
宛如辽阔的大地
大地之外是无尽的海洋和天空
孩子用安静的心摆弄着这一切
如同上帝摆弄着地球

而这时　一群慌乱的声音响起
快跑　棕熊不在的日子老虎患了精神分裂症
到处追人

森林里的游戏不止一次上演
而我们　把平静的缓缓的心
停靠在森林的最深处

颠倒牛

不高兴
心里愁
大石头
怀里头
端不住
砸指头
满身汗
长犄角
别怪我
大笨牛
你笑笑
也值喽
小两口
不记仇
多大事
低个头
半个月
不下楼
不答话

不梳头
吵顿架
算个屎
别要了
饿坏你
我心疼
阿弥陀
说话哦
滚滚滚
再不滚
拿刀子
了恩仇
红着脸
瞪着眼
叉着腰
涕横流
嘴一张
狮子吼
拼命了
赶快走
头可断
血可流
男子汉
大笨牛
好男不
跟女斗

骨碌碌
滚下楼
心颠倒
颠倒心
牛颠倒
颠倒牛

喜 鹊

喜鹊登枝
好事进门儿
蒸饽饽
磨豆腐
就等邻村老六来相亲儿
找相片
忙擦柜儿
没出息的滚出来
别老躲在屋里烤火盆

衣服换十件
抹个红嘴唇
喜鹊登枝
姑娘开门儿
邻居的二傻子
也是个薄脸皮儿
嘿嘿　好看　嘿嘿　好看
滚　滚　滚
有你啥事？有你啥事？

乌 鸦

乌鸦呱呱
坏事到家
架弹弓
扔石头
赶走你这倒霉蛋
忙关门
拉窗帘
这可腻歪了咱的妈

下地踩尿盆
门槛跌跟头
乌鸦呱呱
喝水塞牙
邻居的二傻子
笑成一朵花
什么花
泼他一脸韭菜花

寂寞党

找啊找啊找朋友

楼上楼下窜来跳去

一阶

　　两阶

　　　　三阶

都摆满　变形金刚

毛绒玩具

长江七号

你是怎么说的

一个人开 100 辆车

大大小小

卡车　汽车　火车　摩托车

八阶

　　九阶

　　　　十阶

像管理一个国家那样

既不是中国　也不是美利坚合众国

你的玩具车横行霸道

是一个童话王国

我试图赞美
下课
回家　一个人玩得很野
匆匆忙忙
你摆弄作业
像摆弄玩具
一块橡皮
也能被小指甲抠成小熊的模样

一级
　　二级
　　　　三级
蹦蹦跳跳你就长大了
学校的大门被铁栏杆拦着
家里的防盗门日日紧闭
你说什么来着
森林没有门
里面的动物也不会乱跑
这些门真的有用吗

你妈喊你回家吃饭

再不回家吃饭
我就把饭倒了喂狗
黑狗　白狗　哈巴狗
它们都来了
斑点狗　狼青　沙皮狗
它们都来了
嗬嗬嗬
伸大舌头　口水
可以浇花

吃饭有什么要紧

可你跟爷似的每次吃饭都得叫
快滚回来吃饭

骨碌骨碌
楼上向楼下滚
上楼怎么滚呢

各楼层的窗户拉开
此起彼伏的呼喊　像一场音乐会
各家的妈妈都把脖子伸出来
如同一幅油画
相同的歌词
相当流行　挂到网上
加拿大的孩子都能听得到

谁听到
眼泪都
哗啦哗啦
可以浇花

陈芝麻烂谷子

好了　已经半夜三更
还是睡不着
你还要多长时间才能到站

吃进肚子里的那些豌豆
都变成了逗号
无数故事像击鼓传花一样
在我的胃里穿梭
句号藏得严严实实
找不着结尾
就得一直回忆着

那些年月的陈芝麻烂谷子
能写一本厚厚的大书
你来
我就把这书拿出来晾一晾
抖搂抖搂
夹页中总会掉出一两片三岁的调皮
五岁的打架

七岁的家家
十岁的木马

谁会想到
这个世界上有一个好朋友
会在大清早赶来
树上的喜鹊睡醒了吗？
隔壁住着共和国的总统
他的哨兵攻占了我的胡同
你来要喊口令
喳喳喳

你来　别带手枪
刀子
和橡皮
抹布也不行
你可以擦我的记忆
但不能擦总统的秘密

今夜我不睡了
我准备好和你翻腾我的粮库
和你的粮库
我们就让总统饿死
让他像狗一样伸着鼻子
在我们的门缝呼吸友谊

拈花微笑

说好了
我做作业你剪花
做完作业给我糖吃

我心里的小灯亮着
亮了半个钟头
今天铅笔串亲戚了
转笔刀借给了同桌老胖子
作业本一片白昼

今天
脑子里万马奔腾
跑不出装糖的盒子
你拈花
我微笑
口水溜溜　冲不散年味

疯子找媳妇

看见马路上花枝招展的女孩不动心　光着膀子　捏着康乃馨　校园里疯跑　马路边喝茶　天不打雷　心里开花　问他到底在等谁　只为看中的姑娘家

麻雀电线上站一排　疯子到哪跟到哪　叽叽喳喳嚼舌头　等酒喝　起起哄哄　敲敲打打　唢唢呐呐

教授云　天上有鸟　地上有花　花嫁好人家

门 神

孩子们纳闷
秦叔宝、尉迟恭手里拿着棍儿
和锤子
他们为了打狗
还是要出来征婚
衣服很花哨怎么吓人

秦叔宝、尉迟恭
外面穿上裤衩
手里的武器被涂改
从此一个挎机枪
一个扔手榴弹

钟馗嫁妹

本来心地坦荡
却无故地害怕
看见那个大胡子
南瓜眼
手里捏着蝙蝠
脚底踩着夜叉
后面的牛头马面抬轿子
胸口就会咚咚跳
仿佛马上进考场

他还没有对着冒烟的枪管吹气
他还没有撕下吊死鬼的舌头做成窗花
他送妹妹来出嫁
谁愿跟着他唢唢呐呐　吹吹打打
那个暴徒
是个实心眼
他带着小鬼直接住我墙上
我却不敢娶他妹子
钟馗进我家
我只好变邪魔外道

调皮的麻雀

麻雀的小爪蹦啊蹦
落在泥地几只细细小梅花

丫丫跑来凑热闹
三步跌个大马趴

麻雀躲到树梢上
前仰后合叽叽喳喳

像一堆青杏

静 听

叶子上的露水一刻便消失了
蝴蝶十分感伤
莫敢留人住
人生半匆忙

而今天我们沉下头
静听
一切俱在

叶脉里流淌的河流
跳跃着珍珠

那朵花儿未开

春天来了　麻雀第一个喳喳叫
我一直纳闷儿
那枝花朵为什么叫得迟了
都已经过了三月四月
春风已经温顺了很多天
这样的等待十分煎熬
瞧我
在温暖的阳光里
在无边无际的蓝空下
荒诞地活着
心还躲在黑影中

拘

不要把自己养在瓶中
别把自己拘于一隅
像只鱼缸
或是一位隐者

不要把自己飘在天上
别把自己系于一线
像只风筝
或是一只小狗

留

我们今天能够相遇
多么不容易

东风来半个月了
别走
你将错过花开

正 经

别总是那么一本正经
嘴　还给食物
心还给翅膀
烦恼　还给笑

节日　留给死心眼吧
活着　只为宣扬快乐的福音
如果你能活在每一天
也算　有点正经

拒绝春天

春天抄着兜
哼着醉醺醺的西北民歌
三晃两晃来河北敲门了

走吧走吧
河北不好客
河北睡热炕头

上帝是个小木匠

上帝是个小木匠
雪　是他的刨床下飞舞的刨花
他要打一件
什么样的家具

那么多人类的寂寞
锁也锁不住

你走过的岁月写在盐中

炒菜的秘密在盐
放多放少全在你的掌握

青菜豆腐　萝卜白菜
添加少许
即可以品味

欢乐乡村

假如我做国王
我将把所有的孩子都撒在村里
城市留给成人
你们悲哀地哭泣吧
鸟和花朵都留给阳光
草地还给牛羊
欢乐还给田野
火车就像拴气球的线
跑着跑着就自己跑远了
不会再回来

如果学校愿意放假
请民谣歌手来乡下弹着吉他
如果星空能够跳舞
如果河流能够燃烧
其实　不需要那么多如果
有孩子们在村里叽叽喳喳
喧闹着奔跑
生命中的寂寞
早都该飞走了

年 夜

星空的美是锁不住的
因为每一粒尘埃的身体里
都孕育着一粒火星儿

春天在雪花里分娩
自由在冰棱中愈合伤口
翅膀　掠过黑暗的夜空
暖流
在血液中奔腾

父子二人在新年夜
登上城市最高的楼顶
饥肠辘辘
却嘻嘻笑着
互相眨着眼睛

未 来

未来　你可以拍拍尘土
抄着兜
穿过时空
来现在和我握手

未来　你可以偷听
我的傻话
冒尖的小小爱情
生活中不断出现的
美丽的挫折和成功

未来　你可以来看望我
看我烂醉如泥
看我孤独彷徨
看我坚持执着

未来　你像吞进吞出的烟雾
倒不进沧海
遮不住桑田

但是　谢谢你未来

常能听到你的掌声

还向我伸出赞美的手指

须弥芥子

大年夜
期待时空　在一刹那重合
把我倒回去
把我快进
一刻钟　走完生命的全程

也可以停止时间
摘开这其中的伤痛
折磨
疾病
爱情
从头再走一遍

再走一遍
走到这个世界全是我
走到时空紊乱
走到宇宙头疼
开始收缩

最后蜷成一团的我

像最初的宇宙

也蜷成一粒饱满的　芥子

跃出时空的熏鱼

牛郎星　距离地球 16 光年
你勾勾手指
我就去看你

你迎着零下 40 度的寒风接我
一个劲跺脚搓手指
我告诉你了
火车还冒着烟　就要发车了

然而我还是转到郎木星安静两天
关闭手机
释放地球的引力
我的心进入曲速飞行模式

你就等着我吧
允许你把我摆在盘子里
像摆一条
美味儿的熏鱼

摇 晃

一只蝴蝶飞过
牡丹摇动
花丛摇动
一千只鸟轰然蹿出树丛
一片林海哗哗摇动
远处的大海
也开始摇动

浪波蹿起
一口叼住风的裤脚儿
此时
如果有一只狗跑来
必被卷进大海

春天真好
像一杯葡萄酒
只一杯
便叫你晃起来

今冬无雪

冬天快过去了　还没见一片雪花
唱唱歌　刨开泥土
种些芹菜豆角　早点享受春天

击碗为歌

鱼啊鱼啊
唱歌的时候只能敲击水草

花啊花啊
唱歌的时候只能敲击蝴蝶

汗水啊汗水啊
唱歌的时候只能敲击盐粒儿

今夜啊今夜啊
喝着酒　唱着歌　敲击着瓷碗

唱一句
心　颤一下

总有一天　冰层里的水珠会闪动

风吹过来
春天来了
但是你无情地说
其实春天没来
只是那种感受　穿透了我

风　可以让自行车加速
可以让流云乱了心
所以我仍然相信
春天来了

东北也不总是冬天
你不化我就等待
总有一天
冰层里的水珠会闪动

时光误

麻雀喳喳叫着

喳喳　喳　喳喳喳

喳

每叫一声

便抽走一秒

喳

一个婴儿的手张开

每摸到一声

便长高一毫

疑 问

春天还没来到
草尖还涩涩地啃着牛羊

晨风消隐于枯草
化作点点霜花

晨风为何栖息于此？
为何不去城里虚度光阴？

霜 花

清晨

窗外一层霜花

一段岁月轻轻地

就被盖住

看着你斑白的鬓角

我感觉黑夜　又薄了几分

纪 年

童年
想着乐着
都是酸酸的果汁儿

爱情
远着近着
都是蜇人的花朵

孤独
恨着念着
都是坠落的记忆

跑来跑去

当你很爱很爱一个人的时候
心里面装不下一朵棉花

当花儿很想很想太阳的时候
会用手指捏自己的裙边

鸟儿飞起落下　飞起落下
一遍一遍围着屋檐

黑夜睁一夜眼
两个夜晚夹一个太阳
黎明和黄昏是它的黑眼圈

书页打开又合上　打开又合上
头顶　星空旋转

当你很孤独　很孤独
的时候　你挣扎着不敢捡起
掉在地上的细碎的　时间

我只要一张白纸和一支铅笔

我只要一张白纸和一支铅笔
还有一个没人打搅的角落
你们都去刷盘子吧
你们都去恋爱

我喜欢病一场
安静地躲在白床单里
像石头躲进雪花
偷偷跟自己笑
脑子里游一千条鱼

我的笔大声说着一个秘密
千万不要让别人知道
体内跳动的白鹅
正饿得发晕
我舌尖　埋着黏稠的苦味
拯救白鹅的药片
都藏在舌底

不要威胁它

也不要因害怕而抖动

白色床单如同水面

蓝色天空降下雾霾

你看不见我了

我不让你看见

我和月亮一起躲起来

去一张白纸上疗伤

微风

她悄悄地来了
在蝴蝶的翅膀下
在花朵稍微弯曲的腰肢里
探头探脑

问候河里的小鱼也是轻轻的
冒个泡
春天　长着
黑头发
尖耳朵
穿篮球鞋
薄裙子
她一阵风一样跑来
显得那么单薄

晚课

泉水一大杯
粥也不喝了
与草同枯萎
随风四处移

小径松子落
山鼠笑嘻嘻
对我不理睬
无用遭遗弃

我不如松子
当不得粮食
哼首留命曲
哄自己睡去

问 题

我在院子里锯木头
突然钻出一只虫
问我春天到了吗

你等会儿
我去翻翻日历

人命不如猫命[1]

黑猫白猫花猫
起床　别睡了
我要跟你练习叫春
踩十一月的树枝
披夜的黑毛线毯子

白天打呼噜
夜晚车轱辘
猫心隔肚皮
是猫一身腥

猫黑猫白猫花
叫春　别叫了
我要跟你练习睡觉
趴十一月的被窝
舔内心深处的伤疤

① 传说猫有九条命

白天车轱辘
夜晚打呼噜
人心伤不起
没有九条命

你不要来了

雪　从西伯利亚一路小跑
赶来
天地已经等绿了
松鼠已经拱破　深深的洞穴

你不要来了
就当你已经来过
西风已经穿透了你的身体
瑟缩着
钻回你的毛毯里吧

我不会思念
有些美好适合存进冰箱里

苹果奔腾

一只鸟在树干上敲击
引爆地心的引力
它的舌头　含着果农的小贪心
一场寒露降临
成千上万只苹果　乒乓坠地
微微的酸　点燃
丰厚的天空

而那酸中自有千万条弧光
在金秋的天空燃起马蹄
自由的落体　叩响大地的门环
而隐形的翅膀　自尘埃中
打通千万条道路

秋天是一场呼吸
沉静若喧哗
而　在那样一个适宜隐遁的时空
我绝不离开半步
秋风终将卷走果实

亦将卷走枝叶

那时　整个世界空茫一片

没有风景的时候

我将携成千上万只落地的苹果

漫天奔腾

圣诞卡

在一片纸里燃烧的火
到一只手里会继续它燃烧的生命
一只火　穿街走府
用了成吨的声音敲击这个节日

树木们会被惊醒
他们接待了雪的致意
麻雀推开门
用“叽喳”转述了南方的响声

一只火跑进小学生的书包里
它将趁着心不在焉的课文声
逗引主人花巧的心思
它将流到每个角落
梅花的贺卡沾了香气

一只贺卡　如同一只火
虽隔了很远　但制造了雷声

我相信另外一声

将在一小时之内传来

具体却不能断定

巢

聚敛天地万物之精气
内心联袂着树木思维的尖端
飞翔的本性　从坐望中体现

但是翅膀
一对乌黑沉重的筋骨
挤得树杈几欲撑开

生命的血　从开春开始渗入
为秋天预备一次远游
有的人潸然落泪了
当飞翔成为生命的背景
巢的另一个作用便是　遗嘱

这不得不让我忆起千里外的老家
因为追求　已使她在我记忆中变得陈旧
但生命的血　从开春开始渗入
说不定明天　我也能同那只鸟一样
说出更多的真理

每个人的荷尔蒙不同

南极开着空调
赤道燃着壁炉
欧洲如同一杯凉酸奶
澳洲只好当一只果冻
每个人的荷尔蒙不同
美不美
羡慕的人最知道

哲学

有一段日子只要一想到你
我就会呵呵笑
像小时候在地上捡到糖块
像风钻过窗子的胳肢窝
窗纸的破洞被逗得娇躯颤抖

我就不能想你
你说不可救药的傻爸爸
比小狗笑得还难听
但是你说
你喜欢爸爸

你牵着我的手　催我跟小狗赛跑
你说我们两个人牵在一起是四条腿了
一定能够跑过动物
然后你会急出眼泪

满头的小辫子扎起来像顶着一个大花园
臭美的人就是自己不知道花园里结什么果子

参观花园的人是否知道
我怕你问我
爸爸要先思考一下
爸爸的花园里结什么果子

其实你就是爸爸的花园
你这个大苹果
爸爸是谁的花园
家是谁的花园
月光是谁的花园
星星是谁的花园
它们都结什么果
爸爸有时候会钻牛角尖
难道这是个哲学命题

你们下山吧

你们下山吧
想家的麻雀
未经历爱情的石头
念经不满整天的　风

你们下山吧
嘲笑月亮的星星
不会筑巢的云朵
没有歌声的欢乐

你们　下山吧
清茶不解忧
花间无答案

不再等待

我不等时间
我要先去爱了

模 糊

你喜欢仰望天空

我喜欢仰望你的脸

可是近日雾霾多了

你　有点儿

越来越

看不清楚

流星雨

为什么那么多人都喜欢看流星雨
为什么
那么多人都喜欢仰望天空
宁愿　一个人
在湖边搭帐篷
在冰天雪地里烤火
一个人　眼睛里揉出冰块
为什么　他还是咬着牙离开
他所熟悉的地方
却不舍得遗忘那些
拼命忘掉的过往

那么多人
爱的都是一个
叫寂寞的人
那个寂寞
呀

开门迎客

我备下纯美的茶汤
等你来
等你们　来哦
丢失了爱情的朋友

我备下调皮的红酒
春天来了
冬天刚走
我只欢迎你哦
无家可归的　朋友

木棉花

小狗　静静蹲守在
木棉花下
休闲地
吐着舌头
眯着双眼

花非花
为狗屋
为狗伞
为凉风虫舞一派好天然

浮 生

冬阳暖暖
晒着西窗
晒着南窗
晒着东窗

醉酒的人
睡在西窗
睡在南窗
睡在东窗

晒散的骨头
东一块西一块

晌 午

两只麻雀互相扑闹
“扑通”一声震落在树梢
惊飞花瓣七八
顽童春梦一场

只有猫儿未醒
猫儿未醒
呼噜呼噜
呼噜呼噜

鼻头上的羽毛
旋起　落下
旋起　落下

脱

婴儿脱掉胎衣
少年脱掉稚气
僧侣脱掉经文
诗人脱掉眼泪
生命脱掉爱恨
岁月脱掉无常
天地脱掉昼夜
星辰脱掉苍茫

儿 歌

静静蹲在房间里
今夜我思绪万千

小狗小猫
搬到新房子
小狗乖乖
把门开开

不乖不乖
猫儿一去不回来

一宵佛前变结巴

延达有怪癖
每拜佛
那张如簧巧舌立马结结巴巴

人云做了亏心事
佛前露马脚
遂忏悔不已曰
本怀巴结心　谁想变结巴
颠倒前生孽　余生不归家
心有千千结（戒）一结一疙瘩
佛言皆是缘　无结无正法
竹为真君子　君子皆有节

哎哎……哎……哎哎哟喂　我的妈呀
阿弥陀佛阿弥陀佛阿弥陀佛阿弥陀佛阿弥陀佛
　阿弥陀佛阿弥陀佛阿弥陀佛

这舌头顺溜啦

骂街曲

下了一夜露
惊飞两只鸦
抖落三点水
砸伤四个娃
五个疯妈妈
六更来掐架
七人拦不住
八辈全挨骂
伤痕九道九
祖宗草拟吗
掐指一算啊
娘们笑哈哈
你儿即我孙
儿孙成了群
浮云铺万里
万里一个家

不妙不知道

不吃黄连不知道苦
不吃羊肉不知道臊
不按下葫芦起不来瓢

不当家不知柴米贵
不到黄河心不死
不娶老婆不受累

不见兔子不撒鹰
不见棺材不落泪
不是冤家不聚头
不见银子不下跪

不分青红皂白
不费吹灰之力
不知天高地厚
不知哪块云彩下雨
不看僧面看佛面
不死也要扒层皮

不是省油的灯

不管三七二十一

不经一事

不可同日而语

不怕没好事，就怕没好人

不怕贼偷，就怕贼惦记

不怕炕头热，就怕同日死

不怕咸菜多，就怕不够塞牙缝的

不听你天南地北，只赚眼前便宜

不要跟我扯淡

不跟你们当官的一般见识

劝婚

好饭不怕晚
好事不过三
好马不回头
好合才好散
好话不背人
好女没好汉

好猫不叫　好狗不跳
好心从来没好报
好话不好听
好报不图报
好问的人迷不了路
好脸的人找不着媳妇

好钢用在刀刃上
好汉用在地头上

替女婿出庭

一把屎一把尿
一报还一报
一朝被蛇咬
一辈子看不见后脑勺
一个巴掌拍不响
一个槽不能容俩驴叫
一个将军一个令
一个葫芦两个瓢
一笔写不出俩（姓）字
一个牛是放，两个牛也是放
一条河有深有浅
一条鱼腥了一锅汤

一推六二五
一问三不知
一会儿猫脸
一会儿狗脸
一把鼻涕一把泪
一脚踢不出一个屁

一个女婿半个儿

一根肠子通到底

一肚子坏水

一个鼻孔出气

一根线拴两个蚂蚱

一家人不说两家话

一只鸭子下水　十只鸭子下河

一个人心硬了

一撅屁股谁知道拉什么屎

爸爸的脸谱

丫丫哭烂了小脸蛋
大嘴大嘴画成画
简直一只脏南瓜

苹果啃半边
鼻涕能浇花
我的小宝贝
怎么成了这样啦

原来花狗有利爪
丫丫丢了刀和叉
从此没法吃饭了
总不能永远用手抓

抓吧抓吧允许啦
鼻涕冒一泡
眼睛咧开啦
一下蹿起来
贴住爸爸脸

亲了一下又一下

丫丫笑哈哈

爸爸满脸花

春天的花开过了

春季里开花十四五六
六月六　还是没玩够

夏季里开花十五六七八
八月八　还是没钱花

秋季里开花转眼就腊八
白花花　课本长毛啦

桃花擦脸蛋　杏花描嘴唇
荷花头上戴　玫瑰送美人

美人花　开白花
开粉花
开红花
开紫花
张口骂
上午抹眼泪
转脸笑哈哈

冬季里开花吗
开悲伤的花儿
不做作业屁股打开花

蝴蝶停在哪

蝴蝶停在杜鹃花上
蝴蝶停在
凤仙花上　蝴蝶
停　蝴蝶花上一朵蝴蝶
停在一棵星星草上
醉蝶花嫉妒　蝴蝶
不在花上采蜜到草上干什么
醉不起

蝴蝶
停在花上
不敢醉　不敢不醉
蝴蝶　爱上了停
如同
在春天的纸上签个字
能够证明自己
被允许
停在春天

悬 案

万里云朵
养在瓶中
冬夜刮风
哐当一声
恍有猫叫
梦有飞龙
无法无天
无证无据

高明

墙壁自题诗

此岸延达
彼岸归来
放下屠刀
立地成人

对诗

我说春天　你对野草
我说女巫　你对扫帚
我说鞋子　你对手指
不对　不对
你该说脚趾
或者口香糖

我说爸爸　你说　哦　哦
不对　不对
你该说爱你　爱你
更不要说胖　胖

糖汁掉在地上
你对舌头
不对　不对　是蚂蚁的舌头
舔湿太阳

糖汁掉在牙洞里
你说贪吃的虫子

分享了你的蜜

对了　这是唯一一次正确的对诗

我说爸爸　你捂着脸说

爸爸是一只变胖的虫

正在偷孩子的牙洞

学车记

我始终不懂轮子的秘密存于何处
孩子们疯叫着
一遭遭反复磨损着广场
时光依然年轻　不悲不喜
而我　羡慕的神色
如同追逐车轮的小狗

悄悄松开扶车的手
少年蒙着眼睛坚信妈妈的存在
多少左摇右晃的思想
被月光过滤到只剩一声惊叫

说实话　年少的绸缎虽光滑
常穿在身的还是那种麻质布料
就像我始终不知道月亮的秘密一样
关键时刻总是忘记踩下刹车
然而也往往因为突然的冒险
得到意外收获

那天你惊讶地发现自己
有了飞翔的可能
晚风顺便在光滑的脸上
种下了几只痘痘

而我　你们的父亲　则
坐在阴影里
滴出几滴晶莹的钻石

晚 风

整个傍晚小狗都在追着自行车奔跑
还一边汪汪地叫
汪汪　汪
汪是舌底溅出的第一颗钻石

海风摇着树冠
椰子和芒果给客居的人裹上硬壳
可是心中的蜜水儿无边无际
黏黏地舔着手指

指尖的冰川加厚了云层
悲哀的云朵中密密麻麻的水
满身绒毛哗啦啦滚过坍塌的绿树
孩子们扮猪吃老虎
嘴里拼命喊着　汪汪

漫 步

所谓想念
只是缠绕在身边的一团气
所谓相思
只是盘踞在失眠里的一条蛇

岁月不允许我静守甜美
我却眼睁睁看着时间
载着我的心疼呼啸着走远

晨光像丝绸镂空的花边
电话像花瓶里过期的花瓣

一尾鱼扔掉了肉中的刺
一条河流
在眼里打着转
一朵花迷失在了
童话的花园

对视

你在黑暗里盯着我的眼睛
你小声说
你的眼睛
扎了我一下

空房间

地板
错在方形玻璃里
透明白和木赭石

空房间
轻手轻脚
不敢碰
简约的爱情

一间小房子
放两双脚丫
像两个括弧

院里的桃花开几瓣？
桃花开后开什么花？

天空
时空
我愿天天陪你
填空

街头圣歌

春天来临的时候
小草们举行了会议
我总能听到最美丽的发言
像唱歌一样

东风软了
云朵哭了
我可没那么多情
沿着马路　唱唱赞歌
对于这个季节多么合适

坚冰里的灯全都熄灭
放温暖进来
咬牙切齿的嘴全都打开
放猛烈的炸弹出来
春天到了
何不跟我一起
陪着盲人到街边唱歌

千千万万
不要吝惜掌声
和一个硬币
我们挨着坐在街边
疯狂甩卖珍贵的孤独
你看看我
我看看他
其实我们
是一群真正的瞎子

那个盲人却一动不动
他谁都不看
已经去自己的心里
唱歌
独自一人去心里
看阳光了

欢乐季

春天是草孩子　撒欢的季节
一边奔跑
一边咬手指头
银闪闪的雪
流眼泪
汇成河
把坏坏、苦苦、幽幽全都赶到
柔软的夏季

冒尖的小树上
住着蚂蚁
不知悲喜　无忧无虑
菜园的绿虫子
感叹空气清新
菜叶　甜美多汁
春天是白云依着白云
恋人依着恋人
春天拉着凉凉的风
把月亮放飞到

远远的河面上去

我用这样一只
高清晰度照相机
拍下世间的一切
那一天
花未全开
冰未消融
舞台
奏响了序曲

三月的春风吹四片云朵五双翅膀

三月的春风吹四片云朵五双翅膀
赤橙黄绿蓝紫的姑娘
嬉笑着穿街而过
春天的色彩被挤掉了河

感谢发芽的柳树
编织的日子
尝在嘴里微苦
心　七上八下
突然发现
世界五彩缤纷

阳光伸出尖尖脚趾
柳叶
湿嘴唇
细眉妙目
闪烁着水晶

而我　掸了掸身上的灰

阳光蹬了我一脚

上午九点

心底的冰露出苍白之色

间 谍

上午九点　阳光真好
我偷听了你的计划
今晚养一窝月光
让它们照亮取经的和尚

下午一点　阳光真好
你偷听了我的梦话
准备好口袋
今晚打劫棕熊的家

子夜时分　潜伏真好
我们两个不翻身
偷听着对方的呼吸

嗨　月亮的眼睛睁得好大

一棵树离家出走

谁也不知道什么时候　一棵小树
以出走的名义
揪住了森林的心

她想验证一下
爱她的那个人
在心事重重的树影里
有没有闪烁

她想验证一下
在那些枯叶中覆盖的烦恼
是否已被蚂蚁　一颗颗搬走

她还想验证一下
那只常来她脚下偷睡的小鹿
患得患失的心
能否从此坚定

一棵小树离家出走

她怨恨　恼怒　毅然决然
珍贵的爱还贴在地面
那些散落的叶子
留下了过去的每一滴泪水
那些抖落的泥土
缠着乌发一丝丝

她不等了
因为远方有钻石
她不爱了
因为胸前有伤痕
谁也不知道什么时候　一棵小树
以出走的名义
把留下的树的心
也一同带走了

砸碎或孕育

整整一清早我砸一块石头
找里面的铁
　　　　　找一首诗　找一个木头人
　　　　　呆头呆脑
谁成想　砸出一个铜豌豆
变身蜜蜂　胁迫三粒花粉
　　　　　胁迫三个国王　只活一天
　　　　　我不要更长的命
　　　　　我不要　更长　的命

我不要　意味着我不想与你苟同　与你过相同的日子　处理最深处的黑暗　不拿手处理锤子木柄　不拿手挑石头　不想与你争辩天上的日子　翅膀的日子　空气像糨糊一样黏稠的日子　在城市里　不懂电脑是危险的　还请你及时掉转头来　像大海遭遇风暴　及时掉转头来　像黑丝额的海浪
完全失去抵抗的意识　非常严肃地逃跑　看上去专注喘气　非常粗鲁说话　非常紧张面对工作　非常像八爪鱼沉醉在游戏里　非常像冻死的带鱼　没头

没脑地嚎叫　非常像一锤子砸在手上那可想而知的结果就要到来　那不可分辩的一天两天三天　没日没夜没春没夏没头没尾没完没了的疯子就要到来那应得的想象　应得的报应　应得的缘分就要到来　应得的分配　应得的将死就要到来

天空落下时收拾香炉　说不出
道不尽
花儿　照照女人
孕育一枚杏核
生出一首诗
一块铁
总之
就是不让它生出你我

万物入腹化鱼图

乌云是一块硕大海绵
怀里揣一万颗水珠
当地上的小草喃喃低语
这一万个姐妹
总想争先恐后来大地上偷偷听一听

嘀嗒嘀嗒
听不清小草说什么
只有
虫子的旋律
啄木鸟的歌
只有
风　绕开云朵
踮着脚尖
贴着地面
吹口哨

嘀
一个小桉鼠

嘴里叼着冰糕棍
像个小偷探头探脑

树
傻傻地冒叶子
何必不断地冒
高过我的头顶
你使劲冒呀
赛过烟囱
高高的猫碰翻了鱼缸
空中的鱼
嘴里冒着泡

嘀嗒
乌云听不见
一缸水　泼出来
远远地
大地鼻子一伸
吞吃雨水
像吃一串葡萄

一阵雷声响过
只是响过
惊动了猫
嘀嗒
哭泣的鱼在地面

甩甩尾巴
嘀嗒
猫的脚落地
瞬间衔起红红的水滴

一块黑色海绵
挤挤就变白
嘀嗒
　　黑猫
　　　　挤一挤
变花猫
之后在树下蹭胡须
树
晃呀晃

嘀嗒　水珠回到地球的肚里
像鱼回到猫的肚里
依然游泳
（只是你看不到）
猫也晃呀晃
咬着牙签说
天地不仁
以万物为腹中鱼
生命却　不生不灭

运算能力

摄像头扫过公园　计算机立刻算出
花瓣的数量
桃树　海棠　樱花
白色的数量　粉色的数量
按照雄雌排序
立刻计算出蜜蜂的数量

按照躲避蜜蜂的眼神排序
按照游人脸上的雀斑排序
立刻计算出春风的数量
春风四处飞卷　它想突破问题的极致
计算机立刻算出
天空被偷走的空白的数量

警车呼啸着过来过去
它还没触摸到你
计算机立刻算出你灵魂逸散的数量

眼睛回到花朵

心回到程序
你必须比以前坚强一米
似乎　你的脚
悄悄向后退了一米

麻雀世界

我六岁的女儿发现了一个大秘密
她说美丽的鸟一定被收进笼子
她说　灰不溜秋的麻雀是她们的观众

采石人

大雪纷纷的晚上
他再次把一车石头运回城里
他的行为让有些人眼热
是运回了矿石
还是作为摆设的观赏石
也让有些人嘲笑
当他拖动比他重数倍的巨大石块
手套上渗出斑斑血痕
那种沉着和顽固　多么像一个耕地的蛮牛
当然更多人在缄默
这个城市什么事情都可能发生
这并没什么大惊小怪

石头们也在沉默　跟大多数人一样
也许它们内心曾经慌乱
却只能接受
对于未知的形容　有一个词叫命运
也或许它们正在庆幸
这样一个机会　第一次坐车

第一次飞行　第一次被一个人珍惜
第一次被爱　第一次见到城市

然后某种令人心酸却惊诧的价值被开发
可以铺进公园　也可以垒成电视墙
可以拦截车辆　也可以赶走胡同里的恶狗
一块白色的石头甚至高喊着
让我和另一块碰撞
就可以制造一场大火
甚至有一种石头　被石匠硬生生劈成神佛
那些溅落的粉末　混在树脂里最终凝练成石板
铺在宫殿的地面被高贵的鞋子踩来踩去

用变形的身心去创造变形的幸福
该祝贺你们吗
而无数次　采石人同样在变形的梦中醒来
梦中有巨大的石头妈妈呼喊遗失的孩子
扔在草丛中的石头孩子　压折了蟋蟀的翅膀
黑色的石头放出火焰
在两千度高温的灼烧下　沙子变成透明的酒杯
而酒　在杯中旋转
停顿　旋转
最后变得温软

今夜异常冷
采石人小心翼翼地抱着最后一颗石块

在温暖的被窝中恓惶地颤抖

上半辈子采石

下半辈子　他将把所有时间

用来孵化

空　山

阳光射出瓦蓝响箭
云朵在山顶滚动
深林踩雪
西风中雀鸟无踪

维摩诘穿墙破壁
与我相隔五里
静若一株苍松

墨色中访友
大雪淹没庙宇
庙宇淹没路

迷失是新鲜的
到处制造着惊喜
寂静在树林中尖叫
回声像闪闪的鱼鳞

一个人走入空山

张手放飞自己

豹子舔着牙齿一跃而去

世界刚刚被晚霞点燃

又被月光浇灭

我 爱

我爱着刀片在水果上转动
爱着露水在草尖上欲坠
我爱着阳光在蝴蝶翅膀上跳舞
爱着闭眼倾听黑夜

我爱着削下去
爱着断舍离
我爱着在明灭间飞翔
同时在升落间陨灭

立 春

西北风里裹着一丝小南风
麻雀们嗅到了　它们跃上阳光充足的树枝
观察风向
一声爆竹炸裂河面　三只两只鳊鱼
披着僧袍敲打去岁的水晶

五九六九沿河看柳　候鸟到了心慌的时刻
残雪在乱石中呷饮灰尘
时间掉进昏迷的河道
而我　在逆旅中哭出声来

致奥西普·艾米里耶
维奇·曼德尔施塔姆

他被毒打　因为盗窃母语
在自己的祖国

他被自己毒打　因为盗窃灵魂
在自己的内心

他饮下剧毒　用诗句将世界流放
只信草的清白

他毒发身亡
临死眼凸不闭

寒来鸟不飞

我睁大眼睛　想在这平静的天空找一只
飞翔的鸟　这天空的确光秃秃
连一只塑料袋也不可见

一条奔涌的河里寻不出游鱼
一座雄伟的山脉看不见大树
草齐刷刷地跪着
低着温顺的头
寒潮宽广　伟大掩盖着创伤

假设我们还有秘密
但活着是唯一的追求　唯有
躲进玫瑰的露水中
藏进不语的镜子中
或躲在安静的唱赞美诗的修道院中

孤独之时　谁来分享一份伤心欲绝的晚餐
它在保温箱里蠕动着　曾试图伸出触角
试图　搅动沉睡的大海

泥菩萨　玉菩萨

你真漂亮
像一尊小玉菩萨

女儿回答
谢谢你　大菩萨

你说怎么称得起大菩萨
看我一身泥土

你的谦卑无限美
你是泥菩萨

黎明时　山寺响起钟声
而人间　有赞叹

夜经

冬夜　北风诵经
麻雀静默如神
星空透亮
时间在檐头滴淌

嗨
一声轻唤
流星浮于尘世

陈迹　秋日对饮

淙淙　十月城市如河底卵石般柔软
松塔诵经　时间落入流水
秋风静如黄金

大街　甩动着鱼尾
苹果　悬挂着夜空
茶中唐宋　相隔壶与火

爱　像我们的影子
酒杯　燃起连绵不绝的哀叹

遗忘有一只鞭子

苹果疯狂地咬一截树枝
不舍得成熟坠地
它和我认识的所有果实一样
都在疯狂地拒绝死去

九月　北方万山金黄
十一月　银雪冻僵弦月

叶子寥寥　枝头顽固的果子
黑乎乎蜷成一团

旧燕已不相识
南风也换了一遍
三月　新枝沸腾
比去年开更多花朵

遗忘有一只鞭子
抽打着慢行的时间

诗

小狗有个湿湿的鼻头
它嗅来嗅去　湿湿地和蚂蚁说话

花朵有个湿湿的耳朵
它左听听右听听　哗地一下收起了快乐的脸

女孩有双湿湿的眼睛
她低着头　在花园中撒下许多湿湿的露水
鞋子都浸湿了

天空有一颗湿湿的心
爱情不回来就一直湿着

那一天怎么那么湿啊
我只好断定
所有湿的东西都叫　诗

偷 月

一呀一更里

月儿呀照窗台

久居大都市

常常雾中埋

半夜呀睡不着

大锅小柜纸箱脸盆窗前摆

攒足月光拉回城

炒着吃

存银行

精品装

进商场

邻居家的小姑娘

说不定半夜陪我赏月亮

唱曰:

月夜偷月光

小偷心不慌

偷光村中月

运往石家庄

告我上法庭
庭长收一筐
扭我见父母
暴打儿一场
发到互联网
网民来帮忙
此人最无良
有月便有娘

这贼人定下计策
今天晚上来呀
叫媳妇打上四两酒哎
四个呀那菜碟摆呀摆上来
一碟子腌月光
一碟子煎月光
一碟子煮月光
一碟子炸月光
……

图书馆

1

一只蝴蝶　蓝色的翅膀掠过图书馆的天顶
女孩儿的手　指向它
同时喊妈妈来看
快啊
书签　正翩翩飞走

我们都赤裸着站起身
用眼睛争抢蝴蝶的外套

一只蓝色蝴蝶
在那些新鲜的书架间嗅着木头
庄重的建筑内
尚无春天的影子
它却带着颜色闯入

此时进行一场选举
所有人　将把眼睛

投向蝴蝶

2

正如一本书的命运　悄悄退守在书架某处
有人找到它
众多书籍中
一种缘分将它暴露
而它将影响些什么　尚不确定

在自己的文字里设伏
甚至在自己的逗号中截杀
像一个刺客
同时预备了自戕的烈火

是为了被观赏的结局吗
获取微小的期待
瞬间的膨胀　或者
呼吸急促如同一见钟情者
难道花朵之所以开放　之所以浓烈
是对蝴蝶的渴望

有些猜测毕竟太肤浅了
书籍们还在沉睡　闭目在黑暗中
漆黑萦绕翅膀
心不被打开　将永远是黑的

它的乌有之乡
不反映在书脊

哈罗　翻开我
我将照亮你的一切

3

人们挖掘着矿石
文字　是先掘者的牙慧
拾捡它们是容易的
那是指引方法之一

他们发现了第一枚
蓝色　有机械的翅膀
艺术的构思

现在是读书时间　某人的大脑已经破茧
在那些玻璃罩里
楼房僵硬　书架僵硬
蝴蝶不读书
却吸引无数人来读它

可以确定　一只精灵
被谁读懂　谁将
号令天下

如同一种趋之若鹜的思想
你看到蝴蝶　说明你
眼中还有生命

4

如果一只蝴蝶进入一个建筑物的内部
它将代表建筑物还活着

如果蝴蝶生下更多蝴蝶
采用印刷术　装订术
在建筑内媾和
人们将成为文字的帮凶

我对蝴蝶有着无法遏止的倾慕
尤其是在图书馆里的时辰
将书籍抛到天上　没有一册
振翅飞走
这就是蝴蝶的不同

而事物怎能够永远不死
最好祈祷它们
从未诞生

5

如果能够为一首诗接生
那将好过
被一群傻子埋葬

6

对于那么多典籍　蝴蝶莫名不解
图书馆　佯装做高深模样
蝴蝶转了无数圈　最终的判断
是傻人说梦
（即便是庄周　也仅仅神魂颠倒了一个下午
又被打回人形）

蝴蝶　不得不把茧子种进庄周的脑里
以及无数人的脑里
若干年后　长出幼虫
设想有一天　飞翔的冲动使它们
破头而出
在灰色建筑的穹顶
飘舞着夺魂的蓝色
直到　夜色降临
凭着花香的引诱
它们终于误打误撞冲出图书馆

消失在建筑的阴影

人们会否感到遗憾
失落地　捂着头上的破洞

风　在海面听着祷告

旅行结束了
结束
是一场退却的潮汐
大海越来越薄　轻轻抖动
最后抖掉沙子
只剩鲸鱼吐出的水泡

在疯狂而阴沉的
失心者的脸上
写满孤独
一捧冷却的灰
在夜里潜水
沉入海底闪烁之处
沉入牡蛎的腮

风　在海面听着祷告

进或退于雨或古琴

擦拭古琴的人
还不知道窗外正经历一场大雨

吸尘器剿灭蛰伏的颗粒
清洁剂用花香侵入音符的禁区
他专心致志　无视于我
偶尔揉捻琴弦　试探音色高低
一些欢乐和悲伤被音符冲散

我是来聆听乐音的
西服笔挺
皮鞋干净
此时却做了乐室中的无用者

雨一直平静地溅落
一片一片地溅落
打在芭蕉上
打在空虚的天空上
打在滴落的轨迹上
打在我心底的水坑上

告别

清晨　太阳吱吱叫着
黑玫瑰生火做饭
睡着的人还在沉睡
他思想的快车开到氤氲的烟岚
将被淹死　失去踪迹

清晨　花丛中的阴影缱绻
那些迎着凉风的全部妖娆来自花斑蛇
腐蚀怨恨
留一颗空心

清晨　一只飞鸟朗诵伟大经卷
像一场歌剧掠过城市楼顶
悲伤自眼眶中流走
颤抖的身体在空气中恢复了平静

清晨　命运撇过脸去
火焰躲过混沌的剧情
她纤弱的手指
捏断了一段旧时光

游　学

在乡下　烦恼是有用的
鸡粪是有用的
地里的秸秆是有用的
偷情是有用的
一架茂密的葡萄是有用的
有用的事物终会掺入泥土

我去许多地方宣讲我的有用论
讲粪便
讲污浊
讲疑惑
讲苦痛
我还要去很多地方
反正冬天那么长
冬天是有用的
那么多的城市我还没走过
城市是有用的

最后一天　你还是不要见我

我将在

一个洁白的高高的地方

讲一堂

死亡课

死亡是有用的

刺

你猜　原始人会不会把鱼刺当成木梳
这个问题一直困扰我
于是无数个夜晚
我的梦里都塞满了鱼
它们一群一群游向我
然后拔出身体里的刺

人类　一直一直都在索要
欲念不断到来
欲念的刺遍布虚空
无法拔除

猫　在灌木丛里喵喵叫着
一只翠鸟　在疾驰中撞碎一滴露珠
一池荷花　前仰后合
笑着打转的木船
我们处在寂静中却无法安入寂静
身体挨到刺的地方
疼痛起来

一片叶子的故事

假如你不了解苦的真相
请试着去嚼一片叶子
就不要问我了
它正逼着我去忘记
一片叶子的故事
和故事里的爱

叶子的脉络已模糊
我忽略她的来路
我把有关那片叶子的记忆
故意藏起来
我去问兔子　牛和长颈鹿
苦　那些故事
它们都笑
它们都鼻孔朝天

问题是多余的
有时候眼睛也是多余的
我向兔子　牛和长颈鹿学习

嚼着叶子前行

走着走着

开始跑起来

跑着跑着

我哭了出来

真 相

天空越来越透明
就要被我们看到透明背后的秘密

你看那本干净的书
封皮美丽　文字如精灵
却记录了肮脏的历史

你看那只干净的盘子
洁白通透
却盛装过无数动物的尸骸

你看那种古老的杉树
统治世界几万年
却没写进我们的课本

你看那个诗人　正流着泪
唱着万古如一的歌

寒潮

天气预报员最先泄露天机
可这点儿冷　跟痛苦的心比起来
实在什么都算不上

已经放纵自己三十年
那就继续放纵一辈子
失望就让人失望到底
怨恨就让人恨到日日头疼

写下这些文字　注定
这不是一首纯洁的诗歌
野马已踢开阳痿的草地
雾霾已毒瞎求死的天空

占星术击毙妄想
心头血撕咬流失的体温
冬日冷山
我解开衣物　赦免了寒潮

一只小狗突然蹿出胡同

嘀嘀　嘀嘀　汽车们乱了套
一只小狗突然蹿出胡同
闯到马路上
吱吱的刹车声和司机的怒吼声
遮住了它的尖叫
它慌张地夹着尾巴
东躲西闪　眼神慌乱
像一个无处喊冤的上访者
轻易打乱了秩序的一角

我乐于看到街头多出的这一角
像我乐于猜测
这是哪个孩子　或幸福有爱的小家中
遗落的幸福的一角
像我乐于想象
马上就会追出来的它的主人
是一首诗中擦掉又点上的逗号

作为这个城市的公民

我其实有点怕它是真实的一角
是匕首上尖利的一角
是残暴车轮下溅血的一角
是贫穷而努力又无力的一角

还好　它终于有惊无险地穿过大街
给这个城市留下了脸面
游鱼重新汇入河道
我的电脑则刚刚修复了
一篇悼词的乱码

路过人间的人和狗

在西山　树影重重的小径
低头慢行的人有心事　大狼狗给他壮胆

世界看似沉默
实则已在市镇安排官吏和商贾
同时布下刑罚和盗贼

隐藏在光天化日之下惊慌的麻雀
偷食躲闪的蚂蚱
恐吓声　从猎狗的喉咙滚过

他带着一只狗
路过人间
看透人生
他笑　却又
泪眼婆娑
之后　隐入树丛

作文题目我的理想

我想发明一种胶水
抹在人的身上
只要被老虎咬
就会把老虎的牙齿粘住
再也不能张嘴

我想发明一种药水
蚂蚁吃了就能拖动大象
一辈子再也不会发愁
没有饭吃

我想发明一种口水
见到美味佳肴
不会流到桌子上

我想发明一种
洗发水
想要什么头型
一洗了之

我想发明一种泪水
只要爸爸的拳头一举
就会哗哗地把他冲到另一个房间

我就想当一个卖水的
给我一个微笑我就会给你一种水
我想做一个赚取微笑的富翁
最后换成整个大海
成吨成吨的　我都砸给沙漠

我的理想
还有一个
就是写作文不说假话

白马寺的经文

1

一把骨头没入肉体
它逃脱了狗的追杀
现在开始谈论自由

身体是一座富丽堂皇的宫殿
圈养着幸运的国王

他尚不知道
那宫殿有张巨大的嘴
跟狗惦记骨头一个表情

2

雾霾给天空裹上毯子
万物迷失

楼群间穿过一辆运牛车

风中飘来一缕清新的牛粪味儿

3

年轻时
我也是一团烈火

如今
即便在残酷盛夏
我的身体
也只剩寒流涌动

4

笼子中的鹁鸪
惧怕世界的存在

囚禁　被视为与世界的对垒

5

天气骤然变冷
一块生病的玻璃
正在成为不化的冰

6

热浪席卷夏日
是推出闪电的时候了
一把尖刀戳穿昏暗天空

不要搀扶那个神灵
让我们看看他在面对闪电时
身体的战栗

7

谁耐住孤独谁就永恒

8

真是皆大欢喜

红地毯铺起来了
化了妆的都来
戴了面具的都来

演出者全心投入
参观者尽情尽兴

9

是的　阳光也拴着锁链
那是被夜驱赶的时候

刀藏在袖底儿
硫酸埋在树根

星星嘻嘻笑着
是的　如果你能看破这个游戏
就把月亮当做一块银元赏你

10

小丑化好了妆
歌手化好了妆
舞者化好了妆

观众化好了妆
主持人化好了妆
直播间化好了妆

这个世界是一个大直播间
孩子们不要乱跑
赶快去化妆

11

水在流远　光线在蒸发
一纵身　我们跳入夜的大海
跃起的弧线激起水浪

在一个缺失勇士的时代
小鱼们惊讶地捂着嘴

牡蛎却像诗人一样一张一合
它不羡慕这些
只安静地在海底寻找一粒沙

12

一只盲雀躲在小小的房间里
静候光的钥匙降临
祈祷冬天快点儿结束

夜勒紧绳索
狂风　疯狂抽打着屋檐

它埋头吞咽冰水
胃疼时偶尔抚摸一下硬如枝干的病骨

13

美丽初春

一场雪悄然来临

这是适合诗人抒情的好天气

楼群消失于雪花之海

贫穷的诗人祈祷阳光与雪花同在

他没有锦绣天衣

诗句中　却闪着金和银的光彩

14

一个盲孩子

用树枝

轻轻试着拨开

路中间休息的　毒蛇

15

上师住在深山

他总说“国有疑难可问谁”

我的国家　万事顺遂

老和尚有点孤单

16

脱掉的牙齿
建一座白马寺来填充

17

燕子不嫌弃旧时屋檐

窗花已贴过五次
山楂树已跃过墙头

春天的小雀斑长在桃花的脸上
是的　你回来
我就长大

18

一场暴雨携带冰雹而来
母亲一只手拽着山羊角
一只手一遍又一遍
抹去眼角的汗和泪

她嘴里始终叼着一棵青青的麦穗

19

我将车停在马路中间
下车向路口一个跪着的女人奔去
她不停磕头
身边躺着奄奄一息的孩子
信访局的张主任站在旁边无可奈何
我扔给她一沓钱
指着远处的车说
车开走
我替你跪
我替你的悲伤在这个城市指路
我替你掩住人的苍凉和抽泣

20

一只苹果
不咬一口就不完整了

嘘
不要告诉人类

21

我为什么那么喜欢天空啊
因为我在佛陀座前　解空第一

22

动物体检活动结束后
我翻看了病历

那些每天闷在家里的小猫小狗
都患有忧郁症

23

秋天了　河边的柳树还在拼命地喷出枝条
燕子已经离开　花朵已经崩溃
时间越深
颤抖的楼梯锈蚀得越重

把自己磨得锃亮的人
在秋天静静等着
等一架向上或向下的梯子
烂到消失　只剩一地铁锈
只剩下干净的天空

爱到不为你知

爱到不为你知　那该多么伟大
白发像浪潮冲击海滩
牙齿像山崖滚落石块
当年老悄悄袭来
我们仍然密谋
为时间设下迷途
为暗夜布置波声
默契到一刻不可分
你却不逼我说出我爱你
那该多么伟大
不知何时　我已变成
你日日包浆的珍珠

不会让你看到我的窃喜
不会让你包容我的粗粝
试想你年老昏昧　仍然不忘摸索着
捉住我的手　多好的感觉
当寒风吹过屋顶
你瘪着嘴微微笑

并靠在我怀里
不感到丝毫濒死的恐惧
我们一起读着诗等炉火熄灭
等着被风吹进天堂

大有歌

古人清淡
悠悠大贤
读书破万
日饮数坛
朝聚山林
夜宿古寺
吟风弄月
与僧坐禅
无限钦慕
学步邯郸
辞官弃商
匹马下乡
找个山脚
借个小湾
搭个窝棚
酿酒写书
养猪养鹅
种地开山
攒十年石头

攒十年木头

拖家带口

供奉老娘

两头大牛

换个媳妇

邻居帮忙

盖个瓦房

鸡下蛋

狗跳墙

你抱窝

我上房

一日三餐不费心

过年过节有花样

遂作大有歌　乡下无尘　心中有明　房前有水　屋后有山　冬燃有薪　夏食有禾　有书有酒　有亲有朋　有儿有女　有神有僧　彼岸归来　立地成人　歌之咏之　人间富翁

又赋诗曰　住心一境时　自在无烦恼　胸中藏古寺　百金不动摇

带着爱上路，载着爱归来

1

当每个明媚的早晨来临，我激励自己，全情地投入到我的工作中去，激情的来源就是首先抛掉一切杂念，把全部的精力集中到当下，思考能让你忘掉一切烦恼、一切羁绊，一旦工作到忘情，你就将拥有无与伦比的力量。

全身心是多么不容易做到呀，但这是对每一个美好生命最伟大最负责任的一个态度，用心体会生命中每一丝感动，你的爱才能像早晨的阳光，逐渐从清冷寂寞转到温暖宁静，全身心就是忘我，物我两忘。用最宁静的心去验证所有爱。

即使只是一种迎接，也要用全身心，敞开心怀，张开双臂，睁开眼睛先迎来第一缕凉爽的风，先迎来第一滴洗净肌肤的凉水，先迎来第一个给这个世界的赞美：今天，我活在今天，带着爱上路，将载着爱归来。

2

每次路过保定定要到莲池转上一圈，哪怕只是在门口观望一眼，不进入，就是为了濯洗一下心底的一缕灰尘；周末常常溜达到书店，看看又有哪些新书问世，不一定全买，而是为感受一下纸卷划过指尖。

这个世界太浮躁，其实是我们内心欲太多，这个世界太美丽，其实是我们内心求太大，友聚归来，叹息世事亘杂，而庆幸内心还能独留一隅，微醉，自醉，赋歪诗一首聊以自慰：

花谢花开花不息，
缘何日夜待花期；
立意如莲花渡我，
宁作花根一尾鱼。

3

偶然读到一句诗，我的心咯噔一下，像是吞了鱼刺，更像是撞了玻璃，我口里一遍遍念叨：池鱼吞墨影，宿鸟伴书声。池鱼吞墨影，宿鸟伴书声……

是那么一种轻灵通透全身，是那么一种渴望哽咽在喉。那心境多么熟悉，却为何又那样遥远；那干净的书声如此的清澈，却又让我们双目混浊。

如今再难找到那朴素的书香墨影了。

每天活在冰冷的水泥丛林，推窗再不见放入大江来，也难得依山筑阁见平川，奈何临窗远眺，只见窗外层楼楼外楼，哪得山外青山山外山。古时文士的浅吟低唱再也无人能解。他们只能藏在厚厚的线装书的夹页里默默地自我陶醉了，他们只能躲在博物馆的画作上寂寞地眺望着世人了。他们在问，你们把我们挂在浮躁的互联网上，你们把我们装订进珍藏版的豪华书页里，可是为何不把我放回自然，我的本心原在自然之中。

人的内心早已因物欲横流而被冲洗得支离破碎，池鱼吞墨影早已变成满池面包屑。人类那种与自然交流的本能在渐渐退化，承载了千年的文墨心性一息间荡然消失。那种寂静清明只好固化成我等心性未泯之人的精神图腾。

4

中国道家最讲阴阳、辩证，万事阴阳相克相生，生命不例外，生之意义亦不例外。

近来身边很多朋友都有机缘开始接触佛学、儒学，大有成风之势，这是时运所造，众生之福。以今天发达的资讯网络、学习条件，获取知识的渠道不知要开阔多少倍，在红尘之中苦苦追求，终于能有一份求静证悟之心，实在是件不容易的事。

但是看到很多朋友接触了些国学的东西后反而

更加迷茫起来，往往工作或生活没能获得大自在，反而越发混乱了，我个人也曾有过这样的阶段，是很令人担忧的。

往往是由于盲目学习，更加上过去没有很好的功底，今天的教育又很少有针对性的好老师，致使很多朋友眉毛胡子一把抓。仿佛凡是国学，无论儒释道，一律相信，一切俱好。而没有正确的路径和引导的学习是可怕的学习，不仅无助于自己得到心灵的解脱，更不会对工作和生活产生正向的帮助。

我的经验是首先学会读诗或写诗，中国是诗的国度，每个人都有诗歌情结，现在人的生活与诗歌逐渐远离了，但是其实诗歌是离我们最近的文字，诗歌能够度人，诗歌里面有大妙，诗歌是中国儒释道的入门功夫。

佛学讲空性，但决不消极，清空是为净心和专注，一心一意，即能清净不染，以致不执迷，平常心面对生命，却又生心，积极迎接每一件事，这不正是诗歌的境界吗？

佛学是向内求心，向外证心就要结合诗学，这样的证悟多美妙。

每个人终其一生追求的目标就是能彻底地改造自己，生活中点点滴滴都有大智慧、大神秘，至于天堂或是极乐世界，不是你想去就能去，过好当下今生就是最高的境界，而获得真精彩是要通过内心与证心的结合，积极验证天地大道、世间万美，而不是沉湎于梦幻泡影一样的物质世界，那些只能叫放纵的生活，离精彩的境界十万八千里呢。

天地大道在经典里，在诗意中，在你向内求心中。

5

我是一个老作者、新诗人，老，是因为我写诗的年头其实已经不短，回首算来已经十九个年头，新是因为我很多时候都不知道诗人是一个什么样的社会角色社会定义，有一天我读《红楼梦》，贾雨村给过我一个答案，雨村说："天地生人，除大仁大恶两种，余者皆无大异。若大仁者，则应运而生，大恶者，则应劫而生。运生世治，劫生世危。大仁者，修治天下；大恶者，扰乱天下。"

哦，那时候我才明白，诗人不是仁人君子也做不得大奸大恶之徒。

"清明灵秀，天地之正气，仁者之所秉也；残忍怪癖，天地之邪气，恶者之所秉也。今当运隆祚永之朝，太平无为之世，清明灵秀之气所秉者，上至朝廷，下至草野，比比皆是。所余之秀气，漫无所归。彼残忍乖僻之邪气，又不能荡溢于光天化日之下，遂凝结充塞于深沟大壑之内，偶因风荡，或被云摧，故其二气亦必赋人，发泄一尽始散。使男女偶秉此气而生者，在上则不能成仁人君子，下亦不能为大凶大恶。置之于万万人中，其聪俊灵秀之气，则在万万人之上；其乖僻邪谬不近人情之态，又在万万人之下。如前代之许由、陶潜、阮籍、嵇康、刘伶、王谢二族、陈后主、唐明皇、宋徽宗、温飞卿、米南宫、李白、杜甫、唐伯虎、祝枝山之流，此皆易地则同之人也。”

这些人物在世间俱是人间奇才，而我们近代的诗人们，从未认定过这样的定义，在革命战争时期，诗人是鼓手；在改革开放之后，诗人是呼喊的号角。

走过近两个世纪，中国新诗跨越了五四以来白话运动的历史门槛，走过一段崎岖艰难的道路。从老百姓公民意识的形成，到国家公共政策的参与，包括公民社会权利义务的确立和升级，也促使更多的诗歌具有了成熟、理性、负责的诗歌内涵。诗人们甚至希望透过诗歌的参与、揭示不同时代的共同记忆，发展一条超越族群、血缘、语言、文化的诗歌之路。所以，即使是在今天经济唱主角的社会，所幸还有那么多的诗人一点一滴地耕耘，一步一个脚印地前进，还是有一大批优秀诗人，他们在努力寻求着诗歌的意义！

而我更觉得“而今之人，贫者日为衣食所累，富者又怀不足之心，纵然一时稍闲，又有贪银恋色好货寻愁之事，哪里去有工夫看那诗歌文学之书？所以我说今之诗人的作品，不必愿世人称奇道妙，也不定要世人喜悦检读，只愿他们当那醉淫饱卧之时，或避世去愁之际，把诗一玩，偶尔省了些寿命筋力，就比那谋虚逐妄，省了口舌是非之害，腿脚奔忙之苦。再者，亦令世人换新眼目，也算是诗歌一大功劳了。”

所以于我，诗歌是悟道的载体。

我喜欢中国传统文化，尤其喜欢老庄，自白话文运动之后，中国诗歌仿佛撞进了笼子，左突右冲找不到开门的方向。

我依然坚信，最好的文学在中国，中国文字本身就是最棒的文学，抛开古文的羁绊，反而失去了方向，但我明确地感觉到，五千年文化传统里面的精神是自由的，是先进的。

如今我们就像那只被封存的罐子里跳跃的跳蚤，盖子被揭开，正不知该如何跳得更高。古文就是那只盖子，白话文却给了我们无边巨大的天地。

6

我对艺术的理解有四段说：一段止于语言、二段止于情感、三段止于境界、四段止于慈悲。

我一直想探索出一条能够体现东方传统（即文能载道的传统），又充分结合当今语言思维的诗歌道路。

我称我为新东方写作践行者，新东方思维意在保留东方精神，抛弃传统形制。

诗歌是最充分体现人类精神高度的语言介质。代表了人类所拥有的最高文化层次，它表明人类脱离了身体中的动物性和普遍生活习性，而达到生存和精神上的更高水准。

作为艺术领域最为独特的一种，诗歌被称为能通神的艺术。我一直认为，最好的文学一定是诗歌！

图书在版编目（CIP）数据

大有歌 / 宁延达著. -- 北京：作家出版社，2017. 2
（中国少数民族文学发展工程·出版扶持专项丛书）
ISBN 978-7-5063-9377-5

Ⅰ. ①大… Ⅱ. ①宁… Ⅲ. ①诗集-中国-当代 Ⅳ. ①I227

中国版本图书馆CIP数据核字（2017）第041990号

大有歌

作　　者： 宁延达
责任编辑： 史佳丽　李亚梓　李　夏
特约编辑： 张绍锋　郑　函
装帧设计： 曹全弘
出版发行： 作家出版社
社　　址： 北京农展馆南里10号　**邮　　编：** 100125
电话传真： 86-10-65930756（出版发行部）
86-10-65004079（总编室）
86-10-65015116（邮购部）
E-mail:zuojia@zuojia.net.cn
http://www.haozuojia.com（作家在线）
印　　刷： 北京玺诚印务有限公司
成品尺寸： 170×240
字　　数： 190千
印　　张： 16.75
版　　次： 2017年6月第1版
印　　次： 2017年6月第1次印刷
ISBN 978-7-5063-9377-5
定　　价： 35.00元